DISCOVRS

POVR MONSTRER que le mestier de Tanneur se peut rendre à Paris vn des plus riches mestiers de l'Europe.

A PARIS,

Chez MELCHIOR MONDIERE,
en l'Isle du Palais, ruë de Har-
lay, aux deux Viperes.

M. DC. XXV.

DISCOVRS POVR

monſtrer que le meſtier de Tanneur ſe peut rendre à Paris vn des plus riches meſtiers de l'Europe.

L E s Arts mecaniques ſont ſans doute la chaux & le ciment qui ioignent & lient la Republique, & les vrayes occupatiós ciuiles leſquelles eſtát negligees, & endormies, il faut neceſſairẽmét que l'Eſtat tombe en ruine, veu la grande quantité de ieuneſſe oiſiue, & partant mal-faiſante. Les Naturaliſtes tiennent que les taureaux plus furieux liez au figuier ſe rendent doux & traiſtables. Veut-on iouïr d'vn eſprit libertin, & l'amener à la raiſon, il le faut attacher à quelque meſtier: mais d'autant que la pluſgrand' partie de meſtiers ſont plus que remplis, il ne ſera hors de propos de dégourdir les eſprits aſſoupis , & faire voir que la Tanerie eſt vn des meſtiers du monde le plus riche, l'vſage de tant d'hommes qui s'en ſeruent le rendant tel, & qui ſe peut exercer à Paris par le deſtour de la riuiere de Bieure du deſſus de ladite ville, auec plus apparente commodité qu'en lieu du monde, tant à cauſe du rand abatis qui ſe faict dans Paris, & eoir de cuits que de l'eſcorce & tan que les Marcháds de bois perdent faute d'employ, de la vente duquel il tireroit vn profit certain , pour faire leurs façons & voictures, au lieu que les eſtrangers emportent tous les cuirs prouenants dudict abatis , ſans que l'on ait peu iamais les contraindre de nous en apporter du moins le tiers, nous ſeruant de tels cuirs que bon leur ſemble , mal nourris d'eſcorce dans le plain, auſſi peu fidellement corroyé, n'ayant reſiſtance à l'eau, ny la duree qui ſeroit requiſe , dont prouiennent pluſieurs maladies , à cauſe de l'humidité froide que l'on endure aux pieds, faute d'vne bonne chauſſure.

L'honneur nourrit les Arts , & les

Arts nourriſſent les hommes. Quel
plus grand honneur que de s'enrichir,
en ſeruant vtilement ſa patrie: Et quel
plus grand ſeruice que de reſondre le
vieux Æſon, c'eſt à dire, reſtablir le
meſtier de Taneur, qu'vn tres-long aa-
ge a rendu caduc & debile, pour luy
dōner ſa plus belle & gaillarde ieuneſſe, qui eſt vn des plus grãds traicts que
l'on puiſſe pratiquer en l'eſtat, ſeruant
d'exemple & de regle, pour monſtrer
qu'il ne faut ſouffrir qu'il en demeure
aucune partie oiſiue, renouuelant la
feſte ſolemnellement celebree par les
Artiſans de Perſe, appellee *la mort aux
vices*, eſtant vn ſingulier plaiſir de ſe
voir riche, vtile à ſon pays, honorable
à ſes amis, qui eſt la meilleure priſe
que l'on puiſſe auoir ſur les hommes,
& par laquelle on le peut porter &
mener à la raiſon.

Reſte de monſtrer que les eaux de la
riuiere de Bieure ſont propres pour les
taneries : ce qui eſt fort aiſé puis que
d'incomparable proprieté pour les
teintures, à cauſe de certaine ſalſitu-
de qui ſe trouue eſdites eaux qu'elles

prennent lauant les racines des aulnayes qui font le long de ladite riuiere, de finguliere proprieté pour les taneries, auffi bien que pour les teintures, & pource auffi qu'elles paffent par certaines terres, qui ont pareille proprieté, mefme pour tremper & endurcir les ferremens. Les eaux ayans autant de diuers effets, que diuerfitez de plantes, fels & minieres par où elles paffent, d'où vient que le long de telles eaux naiffent des plâtes, vrayes meffageres de leurs vertus, comme aux fources où naift & croift, *l'Ongle caballine*, là font fes vertus, & fi le *Mandragore* & *Pauot* y font, telles eaux font dormir, & font remedes à la Paralifie & Scyatique, & ainfi les eaux des monts *Pirenees*, *Spa*, *Pougues*, *& Forges*, apportent quant & elles l'efprit, force & proprieté du mineral diffoult par où elles paffent, & de là reçoiuent leurs qualitez & vertus, comme fi c'eftoit leur excrement, fe purgeant par fon emunctoire. Ce qui nous dóne à cognoiftre que la plufpart du móde void tous les iours ce qu'il entend le moins, comme le trauail des teintures & taneries, lefquels on fçait eftre meilleurs en Efté & Automne qu'en Hyuer, fans en fçauoir la raifon, qui eft que les eaux ont plus de falfitude en téps fec, qu'en Hyuer que le temps eft humide, comme auffi que l'eau d'vne riuiere n'eft fi bonne en vn endroit qu'en l'autre, la raifon eft la differéce du grauier, fonds & plantes qu'elle laue, car l'eau eft ordinairemét telle que les lieux par où elle paffe, le païs d'Auge qui eft vne des merueilles du monde, nous feruira d'exemple, où la chaleur temperee des eaux a cefte proprieté de faire croiftre au fort de l'Hyuer les herbes d'vn doigt, & au Printemps de fix à fept, non tant par la bonté du terroir, & qualité des herbages, que de la qualité & temperature defdites eaux qui les arroufent, les circonuoifins ayants pareilles rofees: nature d'herbes mefmes meilleur terroir, & n'ont pareil effect.

On dit communémét qu'à la queuë gift le venin, auffi que la difficulté eft de loger les Tanneurs fur ladite riuiere, & quand il y auroit place, que non,

qu'il ne faut plus faire eſtat de ceſte riuiere, à cauſe du deſtour des ſources
de Rungis, qui ſeules dõnoit eſtre à ladite riuiere, durant les grandes ſeiche-
reſſes, que ſe fait, comme a eſté dit, le
vray trauail des teintures & taneries.

Mais tout cela ne nous eſtonne pas,
nous auons nos reſponſes & remedes
preſts *Au regard* de la ſeichereſſe, ſe
faut ſeruir des moyens propoſez &
reſolus en la reformation de ladite riuiere l'ánee derniere par les ingenieurs
du Roy, expers gens à ce cognoiſſans,
inſerez tout au long au traicté que
nous auons fait ſur l'inondation arri-
uee audit fauxbourgs S. Marcel le len-
demain de la Pentecoſte de la preſen-
te annee 1625. *& touchant* le logemét
deſdits Tanneurs, il y a moyen d'allõ-
ger le cours de ladite riuiere, la remet-
tant en ſon ancien cours, iuſques prés
la porte S. Victor, & luy bailler ſa deſ-
charge par deſſous les foſſez de la ville, par vn acqueduct ſoubs-terrain,
commençant entre la porte S. Victor
& S. Marcel, & finiſſant prés la porte
ſainct Germain, & la conduite iuſques

ques à la porte de Bully par autre acqueduct soubs-terrain la faire couler
le long de la ruë du Colombier, dans
les fossez de l'Abbaye sainct Germain
Desprez, & puis luy bailler sa descharge dans vn canal qu'il faudra faire en
droite ligne le long du pré aux Clercs
iusques dans le long canal, qui faict
l'Isle de Chaliot, finissant vis à vis des
Bons hommes.

L'ordre qu'il faut tenir, tant pour la
conduite desdites eaux, que pour le
logement desdits Tanneurs, est

Premierement, faut remettre la riuiere de Bieure en son ancien cours
iusques aux fossez de la ville, joignant
la porte sainct Victor.

2. Faire deux reseruoirs dans les fossez joignant ladite porte sainct Victor,
l'vn à la descharge de ladite riuiere de
Bieure plain de sable & cailloux pour
purifier l'eau, l'autre pres la porte S.
Victor iusques vis à vis de la rue des
Boulengers, pour la retenir & lacher
aux heures destinees, laissant tousiours
couler l'eau superabondante.

3. Faire vn canal depuis la riuiere de

Seine pres la porte ſainᷓ Bernard de dix-huiᷓ pieds de large, ſix de profondeur, trois toiſes pres des murs de la ville, iuſques à la porte S. Victor.

4. Commencer l'acqueduᷓ ſoubsterrain vis à vis de la ruë des Boulangers, & icelluy finir pres la porte ſainᷓ Germain.

5. Diuiſer l'acqueduᷓ en deux, ſçauoir le coſté du dehors joignāt les Tueries, Taneries & Megiſſeries pour receuoir la riuiere de Bieure, l'autre pour la riuiere de Seine coulant par ledit canal, comme auſſi pour les ſources qui pourront eſtre trouuees, faiſant ledit acqueduᷓ & eaux de pluyes qui ſerōt conduiᷓtes par la pante donnee à toutes les baſſecours.

6. Faire des puys dans l'eſpeſſeur du mur, diuiſant les deux courants d'eaux ſoubs le noyaux de la montee de huiᷓ thoiſes en huiᷓ thoiſes.

7. Pauer les endroiᷓts de l'acqueduᷓ qui ſe trouueront ſablonneux ou de terre.

8. Bailler demy pouce de pante de puys en puys.

9. Laisser six pieds à sec audit acqueduct pour laisance d'iceluy, sça-
-uoir deux pieds de chacun costé, &
deux pieds au milieu d'enuiron vn
pied de hauteur.

10. Faire double vonte sur l'acqueduct pour les plains & fosses des Taneurs.

11. Faire la montée au milieu auec vn
puys de trois pieds de diametre, seruãt
de noyau. Et pour donner air, iour, &
laisance des fosses plains acquedu̇ct,
espargner la longueur des poutres.

12. Deux Tueries l'vne sur l'autre
auec leur logement, bassecour, esta-
blerie : Celle du bas du fossé pour la
ville, & celle d'enhault pour le faux-
bourg.

13. Reseruer la pante des fossez, &
murs de la ville pour les Tanneurs &
Megissiers.

14. Faire à chacun estage pante suffi-
sante pour escouler le sang dans le
puits, seruant de noyau à la montee,
lequel sera conduit par vn canal de
plomb dans de petits tonneaux ferrez,
qui seront mis sur l'vn des trois murs

dudit acqueduct, pour estre transpor-
tés toutes les nuicts par la facilité de
l'abord des basteaux par les fossés de
la ville, tant du costé de la porte sainct
Bernard, que de Nesle.

*Extraict des Ordonnances de
la Police generale de France, & Arrests de la Cour de
Parlement, rendus en conse-
quence pour la salubrité de la
ville de Paris, & grande
cherté des cuirs vendus en
icelle.*

ENIOIGNONS au Preuost des Marchāds de la ville de Paris, & à tous Officiers des Ho-
stels communs des villes de ce Royaume, de pouruoir diligem-
ment

ment aux Taneries pour les dif-
poſer en lieux commodes prés
des eaux.

Donneront ordre de mettre
les tuëries, eſcorcheries hors des
villes prés d'eau, pareillement les
Taneries, Megiſſeries, conroys,
pour euiter aux inconueniēs qui
en peuuent arriuer, & cependant
donneront ordre pour celles qui
ſont en la ville, faire clorre des
murs les lieux où ſe font les Trē-
pys, Tuëries, Eſcorcheries, & cō-
traindre les ſuſdicts de tenir de
iour le ſang, peaux, trempys, vui-
danges dedans, tines, & autres
vaiſſeaux couuerts, & les vuider
de nuict, ſeulement depuis ſept
heures du ſoir iuſqu'à deux heures apres minuict, par canaux dās
la riuiere, à ce que les habitans
circonuoiſins ne ſoient infectez,
ny l'vſage de la riuiere incom-

modé le long du iour. Ou donner telle autre prouifion & re-
glement, que pour le bien &
commodité de la ville & habitans, que par affemblee des Officiers de la Police, et notables
Bourgeois fera aduifé, ce qui fera executé contre les contreue-
nants, par priuation de leurs
maifons, expulfion des villes,
groffes amendes arbitraires,
dont les plaintifs et denoncia-
teurs auront le tiers.

Ledit Seigneur Roy aduerty
qu'és bonnes villes de ce Royaume, mefmement à Paris fe man-
ge grande quantité de groffe
chair, confequemment fe faict
grand abatys de beftes, comme
Bœufs, Vaches, Veaux, Moutōs,

dont les peaux peuuent eſtre tan-
nees & parees, pour faire cuirs ne-
ceſſaires aux commoditez des
perſonnes, & ce neantmoins eſt
ledit cuir fort cherement vendu,
tant en la ville de Paris, que par-
my ce Royaume, qui prouient
principalement faute de Taneurs
és lieux propres à Tanerie, qui
eſt cauſe qu'il conuient enuoyer
les peaux és taneries aſſiſes és
lieux loingtains & eſloignez, dõt
apres elles ſont rapportees & ven-
duës cherement.

*Enjoinct au Preuoſt des
Marchands & Eſcheuins de
la ville de Paris.* Conſequem-
ment à tous autres Officiers des
Hoſtels communs des villes de ce
Royaumes de pouruoir diligem-
ment aux taneries pour les diſpo-
ſer en lieux commodes prés des

eaux, auec nõbre d'artiſans pour
y trauailler, & pour augmenter le
nombre des Taneurs, permet ledit Seigneur que le temps de l'a-
prentiſſage deſdits ouuriers ſoit
abregé d'vn an, & les maiſtriſes
aduancees d'autant..

Enjoignons à nos Procu-
reurs deſdits lieux d'eſtendre la main [illegible]
gatenrs, & pourſuiure l'execution
des choſes ſuſdites, à peine d'a-
mende arbitraire, ſuſpenſion de
leurs offices où ils ſeront trouués
negligens, & de plus grand peine
ſi le cas y eſchet.

Leues, publiees, & regiſtrees,
ouy, & ce requerant le Procureur general du Roy, & enthe-
rinant la requeſte par luy pre-
ſentement faicte, enjoint aux
Preuoſt de Paris, Baillifs, Se-

neſchaux de ce reſſort, leurs
Lieutenans, de faire effectuelle-
mèt garder et obſeruer l'Edit.
A Paris en Parlement le 11. De-
cembre l'an 1577.
Signé, DV TILLET.

Extraict d'vn Arreſt de la
Cour de Parlement de Pa-
ris, rendu entre les Jurez
Taneurs, Gardes dudit me-
ſtier, & les Habitans des
Ponts noſtre Dame, & aux
Changeurs, le cinquieſme de
Mars mil cinq cens ſoixan-
te-ſept.

TOvt conſideré, ladite Cour
a ordonné & ordonne que

C iij

les Preuost des Marchands, &
Eſcheuins de la ville de Paris, ſeront admonneſtez de trouuer
lieux à l'entour d'icelle ſur la riuiere pour les Taneurs, Megiſſiers, comme en la ville Sainct
Denys en France, ou autres lieux
ſemblables, plus proches de ladite ville, & y employer les deniers
que l'on trouuera des baux des
lieux où ſont de preſent leſdicts
Taneurs & Megiſſiers. & ſi leſ-
dits deniers ne ſuffiſent, aduiſe-
ront le moyen d'en fournir, ſauf
le rembourſement qui ſe pourra
faire auec le temps de la meſme
augmentation. Et outre, de faire
le ſemblable pour les Tuëries, Eſcorcheries, en quelque lieu du
fauxbourgs prochain des Bou-
cheries, & pour cet effect aſſem-
bler le Conſeil de Ville, & les
plus notables d'icelle, pour adui-

fer des plus certains & affeurez
moyens pour le bien & falubrité
de la Ville, & des habitans d'icelle, & d'en certifier la Cour dans
trois mois. Faict en Parlement le
cinquiefme iour de Mars, l'an mil
cinq cens foixante-fept.

Signé,   DV TILLET.

Autre Extraict d'vn Arreft
de ladicte Cour entre les
Maiftres Taneurs & Mai-
ftres Teinturiers, demeurans
rue de la Tanerie d'vne part.
Et Jean Hutin Maiftre des
Bafteaux & felles à lauer
lefciues : & les habitans du
Pont noftre Dame, d'autre
le 6. May 1623.

LAdite Cour par fon Iuge-
ment & Arreft, faifant droict

sur les deux procés par escrit, sans
s'arrester à l'interuention des habitans du Pont nostre-Dame, &
sans despens pour ce regard, &
ayant esgard aux conclusions du
Procureur general, a ordonné
pour le bien & salubrité de la ville de Paris, & habitans d'icelle,
Que les Preuost des Marchãds
& Escheuins feront toute di-
ligence necessaire, pour executer
l'Edit du 11. Decembre 1577.
Et ce faisant, ordonner lieux cõ-
modes, propres, & conuenables
aux enuirons de la ville de Paris,
sur la riuiere d'icelle, ou autre
fleuue, comme à Sainct Denys,
ou autre lieu semblable où l'eau,
& le tan soit en apparente commodité, pour loger & retirer les-
dits Taneurs & Teinturiers demeurans en ladite ruë de la Tanerie,

nerie, & ce dans vn an, du iour de
la prononciation du prefent Arreft, & pour en prendre aduis, af-
fembler tel nombre de notables
Bourgeois & Marchands qu'ils
verront eftre à faire, & à faute de
ce faire, ledit temps paffé, y fera
pourueu par la Cour.

Le foin particulier que le Roy
& la Cour ont eu des Taneurs eft
confiderable : le Roy par faueur
fpeciale, par fon Edict, ayant ab-
bregé le temps de leur apprentif-
fage d'vn an, & auancé les Mai-
ftrifes d'autant, & enjoinct aux
Preuoft des Marchands, & Ef-
cheuins de la ville de Paris, de les
loger commodément, & pour
cet effet, fourpir aux frais necef-
faires, ce qui ne fe trouuera auoir
efté ordonné pour quelque autre
Meftier que ce foit.

F I N.